Le Bal

FichesdeLecture.com

Le Bal
(Fiche de lecture)

I. INTRODUCTION

L'auteur

Irène Némirovsky est née en 1903 en Russie. Fille d'un riche banquier juif ukrainien, elle est élevée par sa gouvernante française, qui fait du français sa deuxième langue maternelle. Elle commence à écrire en français dès l'âge de 18 ans et, en août 1921, elle publie son premier texte, « Nonoche chez l'extralucide ».

En 1923, l'auteur signe sa première nouvelle « l'Enfant génial » (réédité sous le nom de Un enfant prodige en 1992). En 1924, elle obtient une licence de lettres à la Sorbonne. En 1926, elle publie son premier roman « Le Malentendu ». Elle devient célèbre en 1929, avec la publication de son deuxième roman « David Golder ». Elle est déportée à Auschwitz où elle meurt gazée, le 19 août 1942.

Elle est le seul écrivain à avoir reçu le prix Renaudot à titre posthume, en 2004, pour son roman « Suite française ».

L'œuvre

« Le Bal » est un court roman qui a été publié en 1930, l'auteur aborde notamment les relations mères-filles difficiles. Bien que ce roman ne soit pas autobiographique, Irène Némirovsky s'est inspiré de sa propre expérience, elle est issue comme sa jeune héroïne d'une famille de banquiers juifs et avait de très mauvaises relations avec sa mère. Il s'agit de la seconde œuvre de l'auteur, elle a été adaptée au cinéma par Wilhelm Thiele.

II. RÉSUMÉ DU ROMAN

Monsieur et Madame Kampf se sont réfugiés en France peu avant la Seconde Guerre mondiale. On comprend qu'ils sont devenus riches grâce à un récent coup financier, ce sont des « parvenus ». Ils possèdent un superbe hôtel de maîtres à Paris.

Ils ont une fille, Antoinette, qui est éduquée par une jeune nurse anglaise, Miss Betty. La jeune fille qui a quatorze ans s'entend mal avec sa mère. Elles sont souvent en opposition et sa mère ne semble se soucier que de sa nouvelle condition sociale et souhaite se faire une place au sein de la bourgeoisie parisienne. On sent que la mère a peu d'affection pour sa fille et que celle-ci en souffre.

Les Kampf décident d'organiser un bal et de convier le Tout-Paris. Rosine Kampf veut que la soirée soit somptueuse afin de réussir son entrée dans le monde, mais aussi pour exposer sa nouvelle richesse. Elle commence alors à rédiger les invitations. Celles-ci sont établies avec le plus grand soin car Madame Kampf ne souhaite oublier personne.

Antoinette semble aussi excitée que sa mère quant à l'organisation du bal, elle rêve déjà d'y assister avec une magnifique robe. Mais sa mère lui annonce qu'elle n'y participera pas sous prétexte qu'elle est trop jeune. On peut penser que la mère veut en fait être la seule maîtresse de la soirée et ne souhaite pas que sa fille ne lui fasse pas de l'ombre. La jeune fille est très vexée, en plus d'être interdite de bal, sa mère compte utiliser sa chambre pour la soirée, elle devra rester dans la lingerie ou dans un débarras et se contenter d'un lit d'appoint.

Madame Kampf confie les invitations à poster à la jeune Anglaise lors de sa promenade quotidienne avec Antoinette, celle-ci prend des cours de piano auprès de Melle Isabelle. C'est une cousine de la famille, les Kampf l'invitent pour se pavaner devant elle alors qu'elle est pauvre. La gouvernante profite aussi de ce moment pour voir et embrasser son amoureux. Elle confie le courrier à poster à Antoinette afin de rester un peu plus longtemps avec le jeune homme. La tentation de vengeance est trop grande pour la jeune fille qui succombe.

Dans un excès de colère, elle jette toutes les invitations dans un égout. Ainsi personne ne les recevra et personne ne viendra. Seule l'invitation destinée à Melle Isabelle a été remise. Pour se déculpabiliser, Antoinette se dit qu'elle n'avait qu'à être invitée aussi.

Arrive le grand jour et, dès le matin, la maison est envahie par les différents corps de métiers. Les uns apportent des tables et des chaises, d'autres d'énormes bouquets de fleurs, d'autres encore un nombre de plats à ne plus en finir, des zakouskis, des plats froids à mettre au frigo et la cuisine est pleine du bruit fait par les cuisiniers qui préparent les nombreux plats chauds. En fin de journée arrive tout un orchestre, car on compte bien que la fête se poursuivra jusque tard dans la nuit. On installe encore les bouteilles de champagne dans les seaux.

Monsieur et Madame Kampf descendent en grande tenue. Ils accueillent Melle Isabelle, qui arrive la première, d'abord jalouse et envieuse, elle finit par partir puisque personne ne vient. Antoinette assiste, de son cagibi, à tous ces préparatifs tout en sachant qu'ils sont parfaitement inutiles !... Personne ne viendra, bien sûr ! Puisque personne n'a reçu d'invitation !...

Les heures passent sans que plus personne ne sonne, Monsieur ouvre une bouteille de champagne et ils ne se privent pas pour déplorer l'impolitesse des gens qui viennent si tard. Mais ils finiront par se rendre à l'évidence : plus personne ne viendra.

Les Kampf se disputent très violemment chacun reprochant à l'autre ses torts passés. Ils se reprochent mutuellement l'échec du bal et de leur « entrée dans le monde ». Mr Kampf quitte l'appartement, laissant son épouse en larmes sur un canapé. Arrive alors Antoinette, triomphante qui a tout vu et déclare à sa mère « pauvre maman ! ».

III. ÉTUDE DES PERSONNAGES

Antoinette

C'est une jeune fille de quatorze ans. Capricieuse et romantique qui rêve du grand amour et de porter de belles toilettes. Elle ne s'entend pas du tout avec sa mère et fait tout le contraire de ce qu'elle lui demande pour attirer son attention. Elle est à la période difficile de l'adolescence et aimerait recevoir plus d'affection de sa mère. Cette dernière a changé d'attitude ces derniers temps suite à la soudaine richesse de son père. Antoinette trouve sa mère hypocrite et passe la plupart de son temps avec sa gouvernante anglaise.

Lorsque sa mère prépare le bal, Antoinette est tout excitée et rêve de porter une magnifique robe et de rencontrer le grand amour. Ses parents lui demandent de l'aider et d'écrire des adresses sur des enveloppes. Mais la mère d'Antoinette lui interdit d'assister au bal prétextant qu'elle est trop jeune. Pour l'adolescente mal dans sa peau et constamment humiliée et rabaissée par sa mère, c'en est trop, la vengeance sera terrible. Antoinette a tellement de peine qu'elle songe à se suicider.

Puis, lorsqu'elle se rend chez Melle Isabelle pour sa leçon de piano, elle aperçoit sa gouvernante anglaise en train d'embrasser un jeune homme. Furieuse et jalouse Antoinette aimerait elle aussi avoir quelqu'un à aimer et qui l'aime. La gouvernante lui confie les invitations pour le bal pour qu'elle les poste, mais Antoinette jette les enveloppes de colère contre sa mère. Elle rentre avec la peur au ventre.

Lorsque ses parents attendent les invités qui ne viendront pas, elle ne dit rien. À la fin elle est devenue aussi hypocrite que ses parents et savoure sa vengeance.

Rosine et Alfred Kampf

D'origine juive, ce sont les parents d'Antoinette, suite à un « astucieux coup de bourse d'Alfred, sur la baisse du franc d'abord et de la livre ensuite en 1926 ». La famille est devenue riche, ces « nouveaux riches » ou « parvenus » ont désormais les moyens d'employer des domestiques aiment montrer leur richesse. Rosine semble obsédée par leur nouvelle position sociale et fait tout pour entrer dans le « monde », dans la « société bourgeoise parisienne ».

Ils décident d'organiser un bal somptueux, les permettant ainsi d'accéder à la classe bourgeoise qu'ils convoitent. Mais Mme Kampf commet un impair, elle interdit à sa fille d'assister au bal, pour ne pas que cette dernière ne lui fasse de l'ombre auprès de ses admirateurs. Elle lui annonce qu'elle passera la soirée dans la lingerie. La vengeance de sa fille sera cruelle. Antoinette jette toutes les invitations et lorsque sa mère lui demande si elles ont bien été envoyées, celle-ci acquiesce.

Le fameux jour arrive, les kampf descendent en grande tenue. Les heures passent sans que plus personne ne sonne, Monsieur ouvre une bouteille de champagne et ils ne se privent pas pour déplorer l'impolitesse des gens qui viennent si tard. Mais ils finiront par se rendre à l'évidence : plus personne ne viendra. Puis le couple se dispute très violemment chacun reprochant à l'autre ses torts passés. Ils se reprochent mutuellement l'échec du bal et de leur entrée dans le monde. Mr Kampf quitte l'appartement, laissant son épouse en larmes sur un canapé.

IV. AXES DE LECTURE

Un court roman réaliste

Le réalisme est un mouvement moderne apparu en Europe dans la seconde moitié du XIXe siècle. Il cherche à dépeindre la réalité telle qu'elle est, sans artifice et sans idéalisation, choisissant ses sujets dans les classes moyennes ou populaires, et abordant des thèmes comme le travail salarié, les relations conjugales, ou les affrontements sociaux. Il s'oppose ainsi au romantisme, qui a dominé la première moitié du siècle, et au classicisme.

Un récit réaliste se fonde sur la réalité. Il y a peu de personnages, mais fortement caractérisés, à l'instar d'Antoinette. On remarque que le couple Rosine/Alfred est une caricature des nouveaux riches. Lorsqu'ils décident d'organiser le bal c'est pour pouvoir accéder à la classe bourgeoise qu'ils convoitent. Le cadre spatio-temporel est délimité, le récit est centré sur un fragment de vie ou une anecdote.

La chute du récit et de la situation est d'autant plus violente et cruelle. En effet au cours de ce court roman, l'auteur cherche à raconter une histoire ou un fait dans toute sa vérité. Némirovsky dramatise volontairement son récit pour montrer l'hypocrisie du couple Kampf et le ridicule des « parvenus ». Ironie du sort, la seule à se présenter au bal est une cousine, Melle Isabelle qu'ils avaient invitée pour « se pavaner » devant elle. Enfin la fin est intéressante dans la mesure où la jeune Antoinette est devenue aussi hypocrite que ses parents.

Les relations mères-filles

Rosine, la mère d'Antoinette attache beaucoup d'importance aux apparences et à la position sociale. Elle a changé de comportement récemment au grand dam de sa fille qui aimerait passer plus de temps avec elle. Dans la première partie du roman, les relations entre la mère et la fille sont très difficiles. Dès qu'elle s'adresse à sa fille, c'est pour la rabaisser, lui faire un reproche ou la punir. Elles n'ont aucune conversation ensemble.

La mère ne pense qu'à sa position sociale et à accéder à la classe bourgeoise qu'elle convoite. Tandis qu'Antoinette est une jeune fille capricieuse et romantique qui rêve du grand amour et de porter de belles toilettes. Elle fait tout le contraire de ce sa mère lui demande pour attirer son attention. Elle est à la période difficile de l'adolescence et aimerait recevoir plus d'affection de sa mère. Antoinette trouve sa mère hypocrite et passe la plupart de son temps avec sa gouvernante anglaise.

Irène Némirovsky met en scène des relations mères-filles très conflictuelles, situation qu'elle connaît puisqu'elle-même a eu de mauvaises relations avec sa mère. Celle-ci n'était préoccupée que d'événements mondains et de ses toilettes. Elle mettait des heures à se préparer et avait l'obsession de cacher son vieillissement. Exhiber Irène n'était pas dans ses idées vu qu'elle aurait, par son âge, laisser deviner celui de sa mère. Nous retrouvons ces mêmes traits de caractère chez Rosine Kampf qui refuse que sa fille aille au bal, car elle risquerait de lui faire de l'ombre. Mais surtout ses admirateurs pourraient deviner son âge en voyant qu'elle a fille adolescente.

Alors qu'Antoinette est une adolescence qui se cherche et qui rêve de bal et d'amour, sa mère n'est pas présente pour elle. Leurs rapports sont exécrables et sa mère ne lui montre pas son vrai visage, elle est superficielle et hypocrite. Antoinette qui se sent seule et perdue souffre de l'absence de sa mère. Lorsqu'elle est interdite de bal, elle se sent encore mises de côté et pense même à se suicider.

Pour se venger de sa mère et peut-être pour obtenir plus d'affection, elle se comporte comme elle en devenant hypocrite. Alors qu'elle sait combien ce bal est important pour sa mère, elle jette toutes les invitations pour que personne ne vienne. Elle ne le dit à personne bien qu'elle se sente mal de devoir mentir.

Lors du fameux soir, sa vengeance est cruelle, elle peut savourer sa victoire face à sa mère. Son père a quitté sa mère et cette dernière se sent seule et finit en larmes sur un canapé, tout comme se sentait Antoinette au début du roman. Lorsqu'elle prononce : « pauvre maman », elle a gagné, sa mère se sent honteuse et perdue. Finalement mère et fille ont un point commun, l'orgueil. La fin du récit peut aussi être interprétée comme le triomphe de la jeunesse sur la vieillesse.

L'ambition sociale des « parvenus »

« Le Bal » met en scène la bourgeoisie parisienne. La situation économique conditionne l'état physique et moral des personnages. Rosine cache ses origines, elle ne veut qu'on sache qu'elle était pauvre. Némirovski décrit ainsi l'attitude de nouveaux immigrants enrichis, les « parvenus ». Elle analyse ce monde, ces personnages, comme Balzac le faisait dans sa « Comédie humaine » et Zola dans « Les Rougon Macquart ». L'auteur nous présente un univers artificiel où le poids des conditions sociales est pesant.

Rosine se montre odieuse avec sa fille et hypocrite envers les autres, c'est la parfaite caricature de la « parvenue », arriviste et ridicule. Seul le paraître importe à ses yeux. Pour satisfaire son ambition sociale, elle veut organiser un bal. Le bal a un rôle social et symbolique d'où le choix de l'auteur pour le titre. En organisant un somptueux bal, les Kampf et surtout la mère veulent faire leur « entrée » et impressionner, la bourgeoisie parisienne. Ce n'est pas un événement anodin. Ils attendent deux cents convives. L'auteur critique ici la comédie sociale et l'hypocrisie des « nouveaux riches ».

L'organisation et la préparation de ce bal ressemblent à « opération commerciale ». En effet, ils veulent inviter tout le monde, n'oublier personne et ne vexer personne. Les Kampf en tant que « parvenus » semblent vouloir se créer une légitimité. Lorsqu'ils réalisent que personne ne viendra, ils pensent qu'ils ne sont pas les bienvenus dans la classe qu'ils convoitent tant, alors que personne n'a reçu les invitations. Face à cet échec, ils se disputent violemment et se rejettent mutuellement la responsabilité du désastre.

La scène de ménage montre au lecteur et à eux-mêmes qu'ils ne sont que des « parvenus ». Rosine reproche à son mari d'être naïf et de ne fréquenter que des escrocs et des gens sans importance. Elle lui dit : « Monsieur veut donner des bals ! Recevoir ! Non, c'est à mourir de rire ! Ma parole, tu crois que les gens ne savent pas qui tu es, d'où tu sors ! Nouveau riche ! Ils se sont bien foutus de toi... »

Tandis qu'il reproche à Rosine d'être frivole. Il répond, en la regardant : « Je suis bien tombé, il n'y a pas à dire, c'est une bonne affaire, des manières de poissarde, une vieille femme avec des manières de cuisinières... ».

Là encore, la phrase prononcée par Antoinette : « Pauvre maman » est pleine de sens, car à la fin du récit, celle-ci devient pauvre dans tous les sens du terme, elle n'a plus de mari, d'amis et sa fille a pitié d'elle.

Dans la même collection en numérique

Les Misérables
Le messager d'Athènes
Candide
L'Etranger
Rhinocéros
Antigone
Le père Goriot
La Peste
Balzac et la petite tailleuse chinoise
Le Roi Arthur
L'Avare
Pierre et Jean
L'Homme qui a séduit le soleil
Alcools
L'Affaire Caïus
La gloire de mon père
L'Ordinatueur
Le médecin malgré lui
La rivière à l'envers - Tomek
Le Journal d'Anne Frank
Le monde perdu
Le royaume de Kensuké
Un Sac De Billes
Baby-sitter blues
Le fantôme de maître Guillemin
Trois contes
Kamo, l'agence Babel
Le Garçon en pyjama rayé
Les Contemplations

Escadrille 80

Inconnu à cette adresse

La controverse de Valladolid

Les Vilains petits canards

Une partie de campagne

Cahier d'un retour au pays natal

Dora Bruder

L'Enfant et la rivière

Moderato Cantabile

Alice au pays des merveilles

Le faucon déniché

Une vie

Chronique des Indiens Guayaki

Je voudrais que quelqu'un m'attende quelque part

La nuit de Valognes

Œdipe

Disparition Programmée

Education européenne

L'auberge rouge

L'Illiade

Le voyage de Monsieur Perrichon

Lucrèce Borgia

Paul et Virginie

Ursule Mirouët

Discours sur les fondements de l'inégalité

L'adversaire

La petite Fadette

La prochaine fois

Le blé en herbe

Le Mystère de la Chambre Jaune

Les Hauts des Hurlevent

Les perses

Mondo et autres histoires

Vingt mille lieues sous les mers

99 francs

Arria Marcella

Chante Luna

Emile, ou de l'éducation

Histoires extraordinaires

L'homme invisible

La bibliothécaire

La cicatrice

La croix des pauvres

La fille du capitaine

Le Crime de l'Orient-Express

Le Faucon malté

Le hussard sur le toit

Le Livre dont vous êtes la victime

Les cinq écus de Bretagne

No pasarán, le jeu

Quand j'avais cinq ans je m'ai tué

Si tu veux être mon amie

Tristan et Iseult

Une bouteille dans la mer de Gaza

Cent ans de solitude

Contes à l'envers

Contes et nouvelles en vers

Dalva

Jean de Florette

L'homme qui voulait être heureux

L'île mystérieuse

La Dame aux camélias

La petite sirène

La planète des singes

La Religieuse

1984 A l'Ouest rien de nouveau

Aliocha

Andromaque

Au bonheur des dames

Bel ami

Bérénice

Caligula

Cannibale

Carmen

Chronique d'une mort annoncée
Contes des frères Grimm
Cyrano de Bergerac
Des souris et des hommes
Deux ans de vacances
Dom Juan
Electre
En attendant Godot
Enfance
Eugénie Grandet
Fahrenheit 451
Fin de partie
Frankenstein
Gargantua
Germinal
Hamlet
Horace
Huis Clos
Jacques le fataliste
Jane Eyre
Knock
L'homme qui rit
La Bête humaine
La Cantatrice Chauve
La chartreuse de Parme
La cousine Bette
La Curée
La Farce de Maitre Pathelin
La ferme des animaux
La guerre de Troie n'aura pas lieu
La leçon
La Machine Infernale
La métamorphose
La mort du roi Tsongor
La nuit des temps
La nuit du renard
La Parure

La peau de chagrin

La Petite Fille de Monsieur Linh

La Photo qui tue

La Plage d'Ostende

La princesse de Clèves

La promesse de l'aube

La Vénus d'Ille

La vie devant soi

L'alchimiste

L'Amant

L'Ami retrouvé

L'appel de la forêt

L'assassin habite au 21

L'assommoir

L'attentat

L'attrape-coeurs

Le Bal

Le Barbier de Séville

Le Bourgeois Gentilhomme

Le Capitaine Fracasse

Le chat noir

Le chien des Baskerville

Le Cid

Le Colonel Chabert

Le Comte de Monte-Cristo

Le dernier jour d'un condamné

Le diable au corps

Le Grand Meaulnes

Le Grand Troupeau

Le Horla

Le jeu de l'amour et du hasard

Le Joueur d'échecs

Le Lion

Le liseur

Le malade imaginaire

Le Mariage de Figaro

Le meilleur des mondes

Le Monde comme il va

Le Parfum

Le Passeur

Le Petit Prince

Le pianiste

Le Prince

Le Roman de la momie

Le Roman de Renart

Le Rouge et le Noir

Le Soleil des Scortas

Le Tartuffe

Le vieux qui lisait des romans d'amour

L'Ecole des Femmes

L'Ecume Des Jours

Les Bonnes

Les Caprices de Marianne

Les cerfs-volants de Kaboul

Les contes de la Bécasse

Les dix petits nègres

Les femmes savantes

Les fourberies de Scapin

Les Justes

Les Lettres Persanes

Les liaisons dangereuses

Les Métamorphoses

Les Mouches

Les Trois mousquetaires

L'étrange cas du Dr Jekyll et de Mr Hyde

L'Ile Au Trésor

L'île des esclaves

L'illusion comique

L'Ingénu

L'Odyssée

L'Ombre du vent

Lorenzaccio

Madame Bovary

Manon Lescaut

Micromégas

Mon ami Frédéric

Mon bel oranger

Nana

Ne tirez pas sur l'oiseau moqueur

Notre-Dame de Paris

Oliver twist

On ne badine pas avec l'amour

Oscar et la dame rose

Pantagruel

Le Misanthrope

Perceval ou le conte du Graal

Phèdre

Ravage

Roméo et Juliette

Ruy Blas

Sa Majesté des Mouches

Si c'est un homme

Stupeur et tremblements

Supplément au voyage de Bougainville

Tanguy

Thérèse Desqueyroux

Thérèse Raquin

Ubu Roi

Un Barrage contre le Pacifique

Un long dimanche de fiançailles

Un secret

Vendredi ou la vie sauvage

Vipère au poing

Voyage au bout de la nuit

Voyage au centre de la terre

Yvain ou le Chevalier au lion

Zadig

À propos de la collection

La série FichesdeLecture.com offre des contenus éducatifs aux étudiants et aux professeurs tels que : des résumés, des analyses littéraires, des questionnaires et des commentaires sur la littérature moderne et classique. Nos documents sont prévus comme des compléments à la lecture des oeuvres originales et aide les étudiants à comprendre la littérature.

Fondé en 2001, notre site FichesdeLectures.com s'est développé très rapidement et propose désormais plus de 2500 documents directement téléchargeables en ligne, devenant ainsi le premier site d'analyses littéraires en ligne de langue française.

FichesdeLecture est partenaire du Ministère de l'Education du Luxembourg depuis 2009.

Plus d'informations sur www.fichesdelecture.com

ISBN: 978-2-511-02914-5

Notes :